置き忘れてきた風景

嵯峨潤三詩集

土曜美術社出版販売

詩集　置き忘れてきた風景＊目次

Ⅰ

Ⅱ

カバー装画／著者

詩集　置き忘れてきた風景

I

置き忘れてきた風景

見渡す野原に
霞がかかっていた
カーテンの隙間がひかりを滲ませる
そのひかりのふちから
山鳩が鳴く林のむこう
色褪せた遊園地が廃墟にみえる
錆びついた振子のように
無能の日日が取り残されている

野の花が
ひかりの中で震えている
人はどこか遠いところに
おのれのかたちを見出そうとする
模糊としたうつせみをかかえて

しずかに時をつむぐ観覧車
淀んだ空を軋ませる
草をそよがす風の音
過ぎゆく日日のこだま
音のない響きは渇いた風景を
その輪郭をみたそうとする

明るい斜光が差し込む

午後のまどろみ
擦れあう梢や花を眺め
ひとときを過ごす人たち
ひび割れた標《しるべ》を頼りに
巡礼者は旅路を速める

子どもたちは
無邪気に
ひかりの花片《はなびら》を集めていた
淡い花冠を数珠にして
胸を飾ったりした

花の名前

あの花の名前はと
指差す梢の先に
淡く黄色い花をつけていた
六月の空

にわかに湧きたつ雲
遠い雷鳴　風に揺れる繁み
木陰に染まる墓石
たしか弟の祥月であった

時代はすでに豊かな世になっていた
が　まだ何処かで
未来を残しているような気がした
高層ビルの谷間の空虚な豊饒

おまえにとって
現実の世界はそぐわない姿だった
ことばに淫したものたち
惑溺を捨てしがらみを捨て
かすかな彼岸の灯りを求めた
それぞれの歳月

初夏の落暉

飛び立つ鳥
まだ知れぬ花の名前をもとめて

夜の鳥と木と

上空に
新月がかかっていた
まだ年若い面差しをのこした友は
窓ごしに外を眺めていた
給水塔の上に一群の鳥影がみえる
濡れた舗道をふみしめる人の影
道を隔てた向こうに
ぽつりと
居酒屋の明かりが灯っていた

おんなのかしましい笑い声が聞こえた
何のかざりもない住み馴れた風景
一見幸福そうな現身《うつしみ》の世を
不毛の夜
愚かな夜
といえるだろうか

家並みの先に
黝《あおぐろ》く森のシルエットがみえる
自然はあるがままの無性
静かな変容のなかにある
梢のさざなみに
木木は　どっしりと

鳥たちの営みを育む
あらゆる快楽《けらく》に富んだ蛍光燭は
儚い浮世を照らすにすぎない

淡い意識の底で
耳奥で
呼びかける声に思い当たった
「オレたちやっぱりピエロだ」
と飄飄としたミキオさんの笑顔
壁に映し出された初老の影
懐かしい日日のあわい

だが
うつろう日日の

道化師も
オレたちも
須臾《しゅゆ》のまに漂って
塵となる

兎の月

皓皓と溢れる明かり
開け放たれた扉から
月が大きくみえる
硝子の上に咲いた花
青い光線を重ねた底には
ぼくたちの城がある

おまえは身を屈めて
毒の実をさぐりあてようとする

闇にまぎれて沈黙の影が重なり
深く遠くかがやいている

身を震わせて　何かを
発信しようとしているのか
背骨は仄白く発光し
濃密な空気が掬いとられる
その静かな安らぎに満たされると
ひびきあう谺のように
細胞は共鳴し溶けあう

ほほえみは　たとえば
一種のはにかみ
ささやかな思惟も

またたく間に消え去る
生きながら死ぬことの
空無
おまえのなかの海鳴りに
耳を傾ける

青く照り映える
月に寄り添う幻影
それは
陰と陽を廻る位相の中にある

おまえは　その
まんまるの月を
兎の月と呼んだ

夜に聞く

夜に聞く雨音の
その先にあるものは
確かなようで確かでない
ほつほつと闇にしずむ声
薄ぼんやりとうかぶ
花のような
誰かの俤のような
はかない輝きのなかに
揺らぎ立つ彫像

烟る日暮れの
うすれゆく影
皆押し黙って
そしておまえの
含羞に充ちた佇み
小さな棘がみえかくれする
ことばはいつも跛行する
時のしずくが夜を深める
去り行こうとする日
ただひたすら体をぶっつけ合い
甘美な夜を暴こうとする

ともすれば

この世のさざめきさえ見失っている
過ぎ去った時代《とき》の重さも
すべては始まりのままに戻ろうとするが
その影を引きずり
声は発酵しつづける
愛と理性は
夜の夢のように途切れがちだ

欠けた月代が
雨戸の隙にみえる
あるがままよと

夢語り

夜は
真実をかくす
見えないものに覆われて
世の中は窒息しかかっていた

わたしたちにはささやかな眠りが必要だった
わたしはパブロフの犬のように
毎夜夢を見た

黝《あおぐろ》い木木と蝶
薄明かりのなかで
かすかに音をたてるひかり
湿った空気と
ゴム手袋のような感触

色
匂い
そんな単純な感覚でさえ
無能に感じるとき
はてしない落下のように
夜の深みに羽音は吸い込まれてゆく

わたしの名前を呼ぶ者がいた

―あなた　墨染めの衣を着ていたわ
おまえも深い眠りの中にいたのか
夜のぬくもりに
おまえの手を感じる

幻影に生きていたのか
それとも　すべてが
抽象へ向かおうとするのか
虚空に
微光をとどめて
蝶が翻る
脈うつものの点影

渦巻く疑念と

つのる不信
その先に
かがやく街の光景はあるのか
あるいはもう
誰かの
旅立つものの俤
夢幻のなかから
呼びさまされるものは
死者の嗤いか
夢にさまよう
つかのまの残影

Ⅱ

波止場

一羽のカモメが舞い降りた
かつて連絡船や貨物船が
往き交い　人が溢れ
輝いていた波止場の
いまは雑草に覆われた引込線
赤錆びたタンクが空に馴染んでいた
舫う船もない剝き出しの繋柱《ビット》に腰掛けて
その女《ひと》は　ひととき
海を眺めていた

果てしなく青い空がある

立ちあがる秋の気配
波の音がしずかに刻を積み上げていく
彼女は　泡立つ波に向かって
不敵な笑みをうかべた
おまえの愚かな感傷は
分かっているというふうに

平凡な安らぎは
砂の塔を作ることだったのか
もつれた感情は藻のように揺れ動く
明日への確かな約束などあるはずもない
すべては抜け殻となり変転してゆく

到る処の　口と眼が
おまえの位置を狂わせている

渺渺と拡がる虚空
雲の切れ目から
淡いひかりが差し込む
明るい空は息苦しいとでもいいたげに
鳥は旋回しながら降りてくる
おまえはどうしてそんな処に閉じ籠もっているのだ
おまえは何が欲しいのだと
遠い国からの鳥が
啼いている

こころを焦がして

おまえの影は
どこかの岸辺に辿り着くだろう
あるいは重なる念いを背負って
また旅立つだろう
だが　幸運がおまえを
楽園へと連れてゆくことはない

彼女は　しばらく
波間に沈む地平を見ていた
島影は微動だにしない
岬まで数粁《キロ》
その先はかすんでいた

少年の海

日本海の
光と風を浴びて
少年は
北へ北へと
自転車を走らせた
海に
青ざめたシルエットが沈んでゆく
絶望へと押し遣るこころの推移
だれも彼のこころの扉を

開けようとはしなかった

かわるがわる押し寄せる
友のゆがんだ顔
ささくれだった笑い
血の衝動
冷めたナイフ
息吐く音
盲目の闇に潜むやから
おまえたちは一体何者

〈俺たちは生まれながらにして死を背負っている〉と言って
彼をなぐさめるつもりなのか
それとも

明るく発狂せよというのか
何も摑めなかった空っぽの体の
その日その時のこころの起伏
沈黙を手懐けるその息苦しさ

少年は自由という幻をみていた
海のように呼吸し
鳥のように羽を拡げたかった
だが　どこにいても彼には牢獄
むしろ　いま少年は
安らかに眠れる
なぜなら
彼はやることをやったから

少年は指で銃をかまえ
空に向かって放った
震える冷気の
虚空に向かって
雄叫《おたけ》んだ
悩しき時に別れを告げて
遥かな海に
少年という日を
棄てた日

突然のある日

夕暮れのベランダに
闇が差し込む
終夜灯のぼんやりした明かり
空の奥から
懐かしい静寂がおとずれる

そのとき
街を襲った突然の地震
家並みはつぎつぎと崩れ落ちていった

月明かりに濡れて
傾いた標識が取り残されている

〈とつぜんだったね
やぶからぼうよ
牛蛙のようにぺしゃんこさ〉

蛙の死
友の死
わが身の死
何が起こるかわからない
此の世の
永遠の仮眠
しかし

何かが欠落していた
それぞれの場所に
それぞれの安らぎがあったはず

世界の始まり
ひとであったり
動物であったりしたとき
怒り
悲しみ
恐れ
祈りが
ことばを呼んだ

だが　ぼくたちは

空や街をにぎわすための
ささやかなことばさえ
見付けられなかった

無力と混迷のなかで
ひとびとは
不安と恐怖を抱えて寄り合う
思考するもの
とりとめのない事を話すもの
ことばは互いに跛行する

落莫の月のもと
在り過《す》ぐすものたち
虚飾をすてありのままに

欠落を埋めることが出来るのか
渇きを埋めようと溶けあえるのか
地球は絶えず蠕動している

峠の村

Estepona《エステポーナ》*からバスに乗った
山裾に向かってひととき揺られ
峠の村で降り立った
峠をはさんで
切り立った斜面と崖がある
山肌を削るように道がのび
頂の教会に向かって螺旋状に
褐色の屋根と白壁が犇めいていた

孤島のように村はあった
歴史を刻んだ坂の道の石積み
村の中央にある小さな泉が陽光《ひかり》を受けていた
白壁は窓も扉も閉ざして
午後の斜光が
じりじりと耳元を射した

日暮れの鐘が鳴ると
世間というほどもない空間《スペース》に
人影が集まってくる
ひそひそと
よびあって
おなじ会話が繰り返される

彼らの内にはコミューンの
それぞれの記憶の地図がある
が　時の流れは錯綜している
老いた者たちのこころの波は
ゆるやかな起伏を行き戻りする

○

ある男が
ひとりの支配者が
妄想に取りつかれて
戦《いくさ》と支配について考え始めた
ひとびとは怖れ慄いた
悲惨を

飢餓を
牢獄を　しかし
ひとびとから返ってくることばは
鸚鵡だった
かれらには何一つ知らされていなかった

誰も
一昔前の老婆の話を聞こうとはしなかった
〈決して忘れません　あの時のことは〉
と老婆はことばを荒らげた
〈戦火に追われ家族はばらばらになりました〉
〈一足の草履を手に入れることも　耕す鍬を手に
入れることさえも出来ませんでした〉と
歳月はそこで停止していた

○

歴史の戯画
その闘争と解体と再生
だが照り返す陽射しの中を
子を背負って歩いた
足の裏の
痛みの記憶は消えない

世情の変転のかたわら
彼らは何者でもなく
もくもくと日を重ねた
そこのみに生きることの重み

ときおり
迷い込んでくる鳥たち
見わたす土地の
閉ざされた村人
それは一つの暗喩ではなかったか
朝な夕なに彼らは
季節の音を聴いている

＊　Estepona　南スペインアンダルシア地方の町

扉は開かれている

雨はあがっていた
美術館を出ると
木漏れ日が差していた

いちまいの tableau《タブロー》＊1
によって開かれる深淵
そこはかと無く
浮き上がってくる世界の
此岸からみつめる眼の

さまざまに顕在化し消滅するもの
火と血と装飾の残影のなかで

向かいに座った彼女の
肩ごしにその絵はあった

しずんだ背景に
あざやかな原色
年老いた浮浪者が
古びた建物の入口で
うずくまっている

『扉は開かれている』とある
tableau が語る

亡霊のような一人の生の独白
絶望というものでもなく
孤独というものでもない
無言の呼びかけ
あるいは階調
厳しさも
やすらぎも
寂寞《じゃくまく》の光のなかで
変容してゆく

海の
港のニコヨン[*2]
港湾労働者として生き
来る日も来る日も描き

斃れていった画家の
積み重なった
思いの丈　それは
日日の様式でないもの
原野にひとりいるような
想念の波間をゆるがせる
燃えるようなインプレッション
そこにこそ生きられるもの
そこに魅せられたものたち
何かを求めているものたち
扉は開かれている

芸術は悪魔的《デモーニッシュ》である*3
といった者がいたが

タマシイの絵よ
と　彼女はいった
鋭く交錯する線条の
淡いひかりのなかで
ひとつのタマシイがいきづいていた
おんなのタマシイにそれが響いた

＊1　tableau　絵画
＊2　ニコヨン　日雇い労働者
＊3　フーゴー・バルのダダ日記より

少女の美学

少女の
醸成された生来の
妖艶な美がある
傷つき倒れようとしても
保たれた均衡が崩れようとしても
おまえは独楽のように
求心力を高める
無垢の磁場をつくる

ありふれた時の流れに
ふと気がつくと
合せ鏡のように
様様な色や形が
集まり離散して
不可思議な世界をつくっている

空無にあけはなたれた扉は
明日を待たない
束の間の
しかし苦痛に満ちた緊張が
砂の上で
軋りながらの
心模様

その幻花は
もはや何物でもなく
眼指のうちに閉じこもっている

イルカの海

イルカになりたい
と　おんなはいった
イルカになって青い海を
深く透明なポリネシアの海を
自由に游ぎたいと
まぶしい光の昼下り
浜のサーファーたちは
すっかり引き上げてしまった

おまえは　波打際で
両手を拡げ
溢れる陽光《ひかり》を受け止めた
岩陰に波がざわめく
そのなかへ
悠然と身を投げた
それから　探るように
そっと水を掬って
小さなガラスの容器に封じこめた
その密封された容器の
小宇宙に向き合う瞑想のうちに
安らぎの時が流れ
失われた楽園が立ちあらわれた
濃密な生けるものの楽園

裸で
イルカと戯れるおんなの孤独
西も東も
南も北もない群青の海で
彼女は　ただ
動物的な本能に溶け込んでいた
フィン*を着けた彼女は
髪をなびかせ
底へ底へと潜っていった
その影が
海の光に染まっていった

＊　フィン　ゴム製のひれ

Ⅲ

過ぎゆくものよ

春めいた午後の
丘の上の
芝生の陽射しはやわらかい
木陰で太極拳をするひとたち
幼児《おさなご》はボールを追い掛けてよちよちと歩く
子犬が傍らを駆け回る
〈探し求めるものは
或いは意味のないもの〉

ベンチの片隅で
いきなり　おんなが
強い調子で叫んだ
おとこは諭すように優しく応じた
その小さな遣り取りは
まわりをすこし波立たせた
〈風の符号のように
諍うひとの現実〉

道端の雑草の間から
黄色い花が顔を出している
歩道に沿って椿が群生している
道すがら出会った
初老の紳士が　娘を

車椅子に乗せて散歩していた
娘の唇が　くぐもった紅が
花の集まりに溶け込んでいた
〈風とひかりと五感のなかで
彼女は鳥たちと話すこころを持っている
鳥はどこかにかくれている
彼女はその輪郭をなぞろうとする〉

時にめぐまれた者たち
ラジオの音をけたたましくさせ
通り過ぎてゆく中年のおとこ
ジョギングする若いおんな
互いに視線を交わすわけではないから
それはひとつの風景にすぎない

〈北の国では
嘘の話が真実になっている
まっかな嘘が〉

移ろう日日の哀歓
黙黙と歩くひとたち
ひとは何故そんなにも一途に歩くのか
世上の片隅の
眠ったような町の静けさの底で
ひっそりと閉じ籠もったひとたちを
呼び覚ますのは無邪気な春の輝き
こぼれる花のさざ波
山里からは　まだ
雪の便りが届いている

〈冬に疲れたものよ
過ぎゆくものよ
この世は不完全
さざめく地上のたまゆら
静かに目を開けばよい〉

夜の深みに

庭先のバラが
季節のひかりに映えている
木木は青く
爽やかな風に灌がれていた
が　或るときから
季節は彼女を置き去りにした

夫《おとこ》は戸惑った
そのときから

すべてが霧に包まれているように思えた
彼女の dementia《ディメンシア》＊ の
その消化しきれない現実の行方が
わからない
夫《おとこ》は毎朝　彼女を
装い送り出す

何かに怯えているのか
何かを疑っているのか
彼女は自らの姿を見つけ出そうとしている
ときどきの斑模様がぼんやりと立ち現れる
鏡のなかにうかぶ変わりゆく影
彼女はからだを近付けて
魅せられた影絵を

その輪郭をさがそうとする

瞳の奥の小さな炎
彼女の鏡はナルシスの鏡ではない
彼女は鏡そのものを怖れた
そこに映ったありのままの容姿《すがた》を
閃きも自己愛も消え
囚われ人のように自分自身を
見出すことはできなかった

夫《おとこ》は
かすかな絆を取り戻したかった
小さな諍いや
むきだしのことばや感情に

触れることのない日日が
淋しくおもえた

日が暮れると
侘しい夜のテーブルは
皿を充たすものも
飾る花もなかったが
身を寄せる温もりや
やさしいえがおに
ことばは必要ではなかった

夜の鳥はほろほろと
その韻律のなかに
愛の鉱脈を積み上げる

彼女の吐く息が戦《そよ》いで
夫《おとこ》は　ほっこりと
夜の深みが身に沁みた

＊ dementia　認知症

彼らの岸辺

海峡に架かる橋のたもとを
海の方へ降りて行くと
かつて塩田だったという一帯がある
防波堤に囲まれた原野は
冬枯れの雑草におおわれていた
陸の孤島のような茫茫とした地に
ぽつぽつと人家が建ち
街らしきものが出来ていた
施設は海に面していた

エンジン音を響かせて沖へと向かう漁船
朝の光が真っ直ぐとベランダにのびてくる

「今度ばかりは世間というものをつくづく思いしらされました」
とたどたどしく老人が話す
本当に
理不尽な扱いがあったというのだろうか
それとも単なるたわごとか
かつての
威厳をもった
風貌やことばではなかった
ここに集うひとびとは
みな壊れかけている
漂う日日と

それに身を委ねるひとびとの
光と影
季節はいつしか遠いところへ
彼らが理想としていたものは
見出せなかった

「昔の事ばかり夢に見ます」
と背中を曲げた彼が振り返る
懐かしい名前が思い出せないのか
はにかむように遠いまなざしをした
月日を歴《へ》て
超えられるもののない
埋もれた時間
寂寞の鼓動は楽園を眠らせる

しずかに発光する魂を眠らせる

陽が海に出合うところ
その朱《あか》みがかった輝きのなか
寄るべなき岸辺のきざはしで
老人たちは時を過ごす
そこに
流れゆく日日の
語られることのない物語があった
記憶の破片《かけら》は胸にしまわれていた
ときおりそれは
花のように充ちてくる

秋の日溜り

病室の窓から川が見えた　川沿いに町並みが影を落としている　触れ合う軒下の　暮らしの音　屋上では洗濯物が風に濯がれていた　老婦のきざまれた皺の奥には　どことなく無邪気さがみえた　が　そこはかとない厭世と行き惑うこころに　死の影がときおりやってくる
呼ばれるように
視線の先が
宙に浮かび
日日の想いがそそがれる

「あの人　首をこぉんなに揺らすんよ」と　彼女はカーテン越しの　前のベッドの住人の真似をしてみせた　「ちゃんとご飯が食べられんよ」と　そんな他人《ひと》の行いを見て自らを確認しているのだろうか　日日の些細なひとこまが繰り返される

あれこれとことばを交わすうちに　ひとときが過ぎた　足音だけが響く無味乾燥な空間の　不可解ないのちの　背反する影　濃密な時の影にあやつられて　時代を生き抜いてきた人は　少し息を荒らげた

風のように
幽かなもの
愚かな天使たち
異界から訪れるものたちが
ときおり傍らにやってくる

窓は秋のひかりのなかへ開かれていた
そこから川沿いの公園がみえる
親子が無邪気に遊具であそんでいる
切り取られたひかりの方から屈託のない声がひびいた
彼らはあたらしい風にあいにいく
いのちは力強く輪転していく
時間《とき》が充分に残されているほどに

朝の光のなかで

「うなされてたよ　随分」
と　揺り起こされた
雪がちらつく朝の
仄かな明かりに
ぽつりとのぞく瞳があった

溶けだした
鉛色の帷《とばり》の
寂寞に感応する花の香り

塀越しの沈丁花だろうか
あの星屑のような
花のあつまり

明け方の
息苦しい夢想から解放されたが
部屋は身も心も凍てついていた
淡いひかりを帯びた地平線に
やがて壊されてゆくレーヨン工場の
煙突がみえる
巨大な剝き出しの骨の空

毀れてゆく世界の予兆に
時代《とき》の流れに背を向けて

ひっそりと息を潜めて
暮らしてきた
瘠せた体軀《からだ》の
不器用なたたかい
冬の寒さに倦みはてた者は
ただ眠る

何も持たない
何もない朝の
なんという静寂
シリウスは西に傾く
星の点景がおしえる時の移ろい
抜け殼のようであった
おまえのなかに

小鳥が住みつく
春先のこんな朝は
畑に出て
芋の種でも植えてみようかと
想ったりもする

ぼくたちの場所

冬の
晴れ間の
日溜りに
欅の大木が影を落としている
幼い姉妹が仲よく
芝生に寝そべっている
かれらは笑いあい
戯《じゃ》れあい屈託がない
あどけない嫋やかな肢体と

軽やかな笑いの響きあう
かれらの宇宙は無限だ
訪れてくるものに全身で
期待をふくらませている

○

時代《とき》に応じて
失われてゆく場所
新しく作り出された場所
季節が移り変わるところ
季節の失われたところ
高層マンションの建ちならぶ
灰色の風景

そこにある稀薄な空間
姿をみせぬ顔　顔
虚栄がひとびとの間に
拡がり始める

○

ぼくたちは
いくつもの道を辿って
遣って来た
時代を背負う者
時代に喘ぐ者
銃眼の前に立つ者
銃眼の先に倒れる者

何かに殉じようとしたのか
砂漠に消えた生命《いのち》よ

○

神秘の風に吹かれてか
日日の地図を求めて
主義を徹そうとする者たち
街の bazar《バザール》＊ の
物影に充ちる偏見　ドグマ
ベールの奥の深い影
時空を越えて
地平は煽られている

平穏な日日の情感を
揺さ振るかのように
ぼくたちの場所に
忘れられない残像を
のこしていった

＊ bazar　市場

橋を渡る

夜明けの空が
仄白く滲み始める
朝靄につつまれた静寂のなか
真冬の風を靡かせて
今日も　おまえはもくもくと
河口の橋をペダルを踏んで突っ走る
ビルとビルの谷間へと向かう
人と人の集まる
世情の澱のなかで

程よく均衡を保って
繋がっていく現世《うつしよ》

正午
ハンバーガーショップの
窓際の壁に寄りかかって
煙草を手にひと息つく
淡い陽光《ひかり》が差し込む
午後の雑踏
風景が淀んだひかりの中に
溶け込んでいく

文字や画像が溢れるように
発信され受け取られるなかで

おまえは　ひととき
画面に繰り出される文字を眺める
猥雑なことばの渦のなかで
何かを待っているのか
誘惑のこえに感応したりもする

その都市《まち》の華やぎから
抜け落ちてゆくものがある
ビルの窓に潜む無機質な影
街路《みち》を行くのっぺりと膨んだ顔
失われてゆく季節の余韻
ぼくたちを結びつけているものは
漠としている

露地から架空の森へ
さまよう思惟あるいは迷妄
おまえはひとつの軛《くびき》から
その古い因習から
解き放たれたいと願っている
人と人の絡み合う箱のなかを
覗きこむかのように
そこに　なにか
新しいヴィジョンがあるとでもいうのか

稀薄なことばの溢れる
巷では
銭金に追われる者
腹を肥やした実業家

臈長けた政治家や
道化師たちが
姿をみせては消えてゆく

彼らが何かを語ろうと
都市《まち》の色は
追憶の虹に染まるだけ
得体の知れない欲望の渦巻く
繁栄と背中合わせの絶望
だが
都市《まち》はそれで生きている

舗道を行く群衆のモノトーン
右も左も

標《しるべ》がない時代のアポリアは
深い
日が暮れると
おまえはペダルを漕ぎ
ふたたび橋を渡る

河口に落ちる陽が水辺を照らし
稜線はかすむ
淡い残照のなか
風とともに巣にもどる鳥たち
澱んだ空に
星がひと粒
航灯のように光っている

あとがき

前詩集『海と暮色』から八年の歳月が流れた。これまでの詩集に収録し得なかった作品や最近の作品を一冊にまとめようと思い立ってから五年程になる。またここ三年は新型のウイルス（コロナ二〇一九）が流行して、世界中がパンデミックに陥った。人々の精神や生活は揺れ動き、考え方は確実に変わっていった。日常の中で、壊れてゆく現代人のリアル。私自身もうつうつとした日々を送る事になった。さらに戦争という厄災も重なり、世情はめまぐるしく変転している。声にならない声。「人には詩を求める本能がある」といった詩人がいたが、あらゆる経験や思考はことばと係わる。色、物、現象、それから思考や洞察、そこから限りなく〈真実〉に近いものを捜そうとする。だが、ことばの世界は常に曖昧さを払拭できないそのもどかしさがある。個々の小さな囁きかもしれないが、我々は架空の通信を思い描いているのかも知れない。ひとつの表現としての詩の仮構、それを繰り返していくしかないのだと思っている。

詩集を編むのもこれが最後かなと思いつつ、このたび三章構成の二十篇で纏めることができました。ひとまず胸を撫で下ろしているところです。上梓にあたっては、高木祐子社主ほかスタッフの皆様の貴重なご意見、ご協力をいただきました。こころより感謝申し上げたいと思います。

二〇二三年　二月吉日

嵯峨潤三

著者略歴
嵯峨潤三（さが・じゅんぞう）

1948 年　徳島県生

1980 年　詩集『曳線回帰』（私家版）
1985 年　詩集『音のない響き』（芸風書院）
1998 年　詩集『星と花《か》影《えい》』（編集工房ノア）
2011 年　詩集『水中の空』（歩行社）
2015 年　詩集『海と暮色』（土曜美術社出版販売）

詩誌「逆光」同人
徳島現代詩協会、中四国詩人会、日本現代詩人会　会員

現住所　〒770-8025　徳島市三軒屋町外 23-92-113
TEL・FAX 088-669-5606

詩集　置《お》き忘《わす》れてきた風景《ふうけい》

発行　二〇二三年五月三十日

著者　嵯峨潤三
装丁　直井和夫
発行者　高木祐子
発行所　土曜美術社出版販売
〒162―0813　東京都新宿区東五軒町三―一〇
電話　〇三―五二二九―〇七三〇
FAX　〇三―五二二九―〇七三二
振替　〇〇一六〇―九―七五六九〇九
印刷・製本　モリモト印刷
ISBN 978-4-8120-2765-3　C0092